KB069078

물론의 세계

물론의 세계

시인수첩 시인선 027

김두안 시집

문학수첩

내가 쓴 詩들에게
안녕!
잘 가라고 인사했다

지금, 한 그루 나무와
내 까마귀는

이 모든 세상이
소멸되기를 기다린다

| 차 례 |

시인의 말 · 5

1부

행성들 · 15

독백 영화관 · 16

수영약국 · 18

혼자 사는 엄마 · 20

내가 태어나는 이상한 비밀 · 22

피아노 유령 · 24

환월(幻月) · 26

사과 나라 · 28

결(結) · 29

죽음에 대한 리허설 · 33

피아노 숲 · 36

이상주의자 · 39

인터뷰 · 42

빙어 · 45

열대어 · 46

불면증 · 48

화요일의 감정 · 50

칼의 진술 · 52

300 · 54

검은 사람 · 55

2부

유리벽 · 59

봄, 봄 · 60

빗방울 전주곡 · 61

토요일의 성분 · 62

엘리베이터 · 64

포크와 나이프 · 66

창문과 여섯 개의 달 · 68

악몽 · 71

살화(煞花) · 74

불길한 집 · 76

창문은 기록한다 · 78

환생 · 80

혈여(血餘) · 81

비의 숲 · 82

화려한 무늬 · 84

집착 · 85

빈 화분 · 86

유리컵 속의 달 · 88

해무 · 89

꽃들아! 말해 줘 · 90

3부

가상현실 · 93

내부로부터 동백 · 94

사과를 잊지 말아요 · 96

물론의 세계 · 97

이 세상을 떠난 음악들 · 100

우리는 구체적일 수 없는 얼굴 · 102

새들이 돌아오는 저녁 · 104

바람이 다시 쓰는 겨울 · 106

마지막 동작 · 108

오월, 편지 · 110

속눈썹을 믿지 마라 · 112

관성의 법칙 · 114

모자에 대한 진술 · 116

날아가는 자장면 – 주재환 화가에게 · 119

4번 타자 · 120

안타에게 · 121

조도(照度) · 122

너무나, 쉽게 · 124

해당화 · 126

임자도 · 128

해설 | 이경수(문학평론가 · 중앙대학교 국어국문학과 교수)
유령의 감각 · 129

1부

행성들

어디로 가지? 라는
말이

너의 마음속에 도착했으면 좋겠어

독백 영화관

왼손으로 마실 거야?
오른손으로 마실 거야?

유리컵 속에서 물이 식어 가고 있어
다시 말해
손잡이는 하나, 너는 손이 둘,

물을 마시다 똑같은 자리에
진실을 내려놓지 마

옷을 벗고
이불 위에 누워 새벽 4시를 생각하지

유리컵 속에는 물이
조금 남아 있어
새벽이 얼룩얼룩 밝아 오지

사랑은 우산을 닮았는데

비가 내리네

기도를 하다 눈물이 마른 손들아
사랑을 더
할 거야? 말 거야?

수영약국

새가 드나들어
꽃이 핀다
가지가지 가지에 일요일이 터진다

뭘 보여 줄까
흔들리는 것

파르르르 빛이 쏟아지고 있어
너의 이름에서 거짓말이 보여

수영약국 앞에 잠든
아이는
당신이 가져가

우리의 잘못은
지금이 적당해
그만
그만

너의 기도 위에는
어깨 아픈 새가 앉아 있어

뭘 보여 줄까
같이 흔들리는 것

우리는 거리의 나무야
가지, 가지에
잘못이 드나들어 꽃이 핀다

수영약국 앞에
잠든 아이가
저녁으로 걸어간다

혼자 사는 엄마

무척 긴 터널이었어 입구에서 시작해 반달로 끝나는
터널 밖에 엄마들의 비가 내려
커피 잔 속에
거품이 터지는 비의 메마른 목소리

여보세요?
여보세요!
엄마는 비옷을 입고 잠든 인형에게 전화를 걸어

엄마들의 집은 놀이터 가장자리야
여긴 거실이 텅 빈 이층이야
새끼 거미들이
엄마를 빨아먹고 무럭무럭 자라나

액자 속 마리아의 시곗바늘이 자정을 가리켜
엄마들은 꿈을 꾸듯 속삭이지
난 혼자 사는 게 꿈이야!
빗소리처럼

서른둘, 서른셋……
행복은 금방 완성되고 갓 구운 빵처럼 부풀지

엄마는 비밀로 계란을 삶아
어서 와! 우리 딸
벌써 노랗게 자랐네!
껍질을 까다 반달의 입구를 이야기해

엄마! 난 터널 속에서
하품하는
반달을 잃어버렸어요

엄마는 비옷을 입고 잠든 인형에게 속삭이지
터널 밖에 비가 내리면
너도 엄마가 될 거야!
스물다섯, 스물여섯……
여보세요?
여보세요! 혼자 사는 엄마야

내가 태어나는 이상한 비밀

바위 속을 흐르지 물방울은 세차게
흐르다 멈추지
뒤돌아보지

물방울은 투명하게 알지
발소린지
목소린지
사람의 감정을 느끼지

순간 아찔하지 어둡지 솟아나지
태어나지
물방울 밖에 물방울은 엄마

여긴 빛이야
나야
손가락이야
엄마는 너무 넓어 보이지 않아

나에 대해 알 것 같은
나쁜 감정들
다시 돌아오다니, 엄마들을 세어 보지

내가 태어나는 이상한 비밀은 거꾸로 자라지
기분 좋은 엄마는
이 우울한 느낌을 알까

또 방 안에는
물컹한
눈동자가, 둘

그림자는 왜 흐르다 멈출까 부를까
아가야!
안녕! 엄마야

이제 내 시간은
젖지도 마르지도 않는데, 아가야

피아노 유령

당신은 여자
유령인데
냄새가 좋아

피아노 속에서
음들이 샌다
저녁에 눈을 뜬 슬픔처럼

얼굴이 지워진
유령의
긴 머리카락이 귀를 스친다

난 외로움이 죽어서
눈물이
가득 찬 방

피아노의 음들은
심장에서

피가 마를 때
흘러나오는 고독이다

그런데 왜
당신이
내 방에서 사는 거죠?

잠이 들 때마다
유령이
등 뒤에 차갑게 눕는다

내 사랑을 읽지 말아요
검은 건반의 눈물을
흰 건반이 받아먹는다

환월(幻月)

나는 어떻게 달에 왔는지 기억나지 않는다
이 거대한 강가에는 창문이 없는 빈집과 모래 위에 까
마귀 화석이 서 있다

나는 소란이 떠난 마을을 바라본다 밝지도 어둡지도
못한 불면의 경계에서 달의 멸망한 시간을 생각한다

어느 날 까마귀의 예언처럼 강가에서 희고 거룩한 고
요의 종교가 발견됐다 부패한 구름은 지상으로 내려와
층층이 얼어 버렸으며 청동색 별이 무수히 지워졌다 사
람들은 스스로 혓바닥을 삼키고 돌 틈에 작은 붓꽃을
심었다 그리고 모두 강을 건너가 빙하 속으로 사라졌다

지금도 침묵의 강가에는
종단으로부터 이탈한 자를 쫓는 짐승처럼 검은 바위
들이 서 있다

지상의 종교가 죽음 이후 시간과

빛의 탄생을 약속했듯
빙하 속에서 사람들 목소리가 반사된다

나는 또 몇 번의 생을 거슬러 와 이 거대한 멸망의 강
가에서 빈집의 문을 연다 나무는 흔들리지 않고 노란 붓
꽃에서 눈물 냄새가 난다

나는 그토록 바라보았던 달에 와서 환생의 기억을 꿈
꾼다

고요로부터 도망친
눈동자에
달의 환한 무늬가 새겨져 있다

사과 나라

사과 위에 이름을 쓴다
깊게
멍이 든다

오후에 사과를 깎는다

사과 속에서
너의 이름이 눈물을 흘린다

내게 남아 있는
시간이
맛있으면 좋겠어

결(結)

　　　　　　나무의 시간은 부피로 고여 있다 수평의 결로 팽창한다
그러므로 공간은 시간의 결에 머물다 수직으로 흐르는 무늬가 된다

구름의 대륙

너는 상처가 많은 나무, 결을 스치자 나무가 숨을 토
해 낸다 손끝이 눈을 감으면 너의 대륙은 왜 이렇게 슬
프냐

손끝에서 깨어난 결이 자신의 혈맥을 지나 어두운 낭
하(廊下)를 더듬는다
죽음이란 말이 활로를 찾다
결국으로 치환되는 것처럼 너의 비밀은 잘 있느냐

나무의 결은 스스로 몸을 부풀려 내 지문을 밀어내고
새로 생긴 구름의 파문이 된다

나무는 속살이 다 비친 시간과의 결합을 매듭짓고

바람으로부터 기록된
수직의 흐르는 무늬가 된다

너는 상처 속에
눈동자를
숨기고 사는 나무
우린 너의 숨결을 구름의 대륙이라고 부른다

음악의 시간
마당에 나무를 심고
저녁의
가장자리에서
나무에 열린 음악을 듣는다
음악의 시간은
흔들리는
흰 뿌리들의 감정
나무의 입속에서

달의 어둠이 흘러나온다
내 음악 속에
당신이 잠들어 있다

검은 새
불에 탄 나무의 뼈에서
새가 흘러나온다
돌 위에 새긴 새는
돌의 흰 피와
검은 눈동자를 갖는다
불에 탄 깃털을
털어 낼 때
새는 햇빛 속에서 퍼덕인다
순간 검은 새가
돌 밖에서
나무를 향해 날아간다
나무 속으로 사라진

새의 울음이
허공을 열었다 닫는다
당신(當身)이란 말이
내 안에 스민 것처럼
나무는 가지 사이에
새를 닮은
허공을 갖고 태어난다

죽음에 대한 리허설

나를 쏘아 올렸지
지상에 서 있는 나를 내려다보았어
우린 둘이랄까
분열된 감정은 숫자에 불과했어

의사는 사과를 들고 말했다
당신은 어떻게 태양을 통과할 수 있었죠?

태양은 뿌리가 깊고 자꾸 부풀어 올랐어 두려움이 유
일한 통로라고 생각했어 빛의 문이 열리면 어둠은 시간
이 되지 나는 투명하니까 어쩌면 내 무의식을 태양이 통
과했을 수도 있어
드디어 안녕
지상에 서 있는 내가 보이지 않았지

나는 오직 어둠을 향해 날아갔어
빛으로부터 도망치듯
생각이 남아 있는 속도는 너무 느려

우주는 허허롭고 쓸쓸한 회색 공간이야 아무런 미동
도 없었지

별을 보는 것과 꽃을 만져 보는 것의 공통점은
시선이 벌써 다녀왔다는 사실이야 나는 느낌보다 빠른
시선이 필요했어

고요 속에 버려져 있는 행성들
새로 발톱이 돋아난 어둠
등뼈가 앙상한 은하수*는 사막에 버려진 낙타 해골보
다 비참했어

온통 총탄에 난사당한
별의 도시는
붉은 술잔을 들고 서 있는 인간의 형상이었어

우주는 갈수록 암담하게 짙어지고 나는 침묵의 무덤
앞에 부딪히고 말았어

그리고 거기가 끝이었어 어떤 영혼도 통과할 수 없는
거대한 어둠의 벽
나는 홀연한 그림자로 두려움 앞에 서 있었어

의사가 사과를 자르며 말했다
이봐요!
당신은 아직 거울의 뒷면을 선택할 자유가 없어요

나는 어둠 속으로 스며들기 시작했어
우린 하나랄까
분열된 선택은 숫자에 불과했어

죽음의 문이 열리면 시간은 빛이 되지 나는 이제 어둠
이니까
우주여 안녕?
나는 다시 연둣빛 감정을 느끼기 시작했어

• 칼 세이건의 『코스모스』 중 「밤하늘의 등뼈」에서 인용.

피아노 숲

1.
가문비나무 피아노 뚜껑을 열고 음악을 깨운다
맑게 떨리는 음들은
스스로 목숨을 끊은 자들의 슬픔이다
허공을 떠다니는 음들은 누군가의 기억 속에 새 떼처
럼 내려앉아 다시 영혼을 밝히는 빛이 되는 것이다

저승의 입구에는 푸르스름한 빛들이
열매처럼 매달려 있는데
가끔 가문비나무는 잠든 그 빛을 만지기도 한다

그 영혼의 빛은 너무나 목마른 전염병 같아서
가문비나무는 뿌리부터 말라 죽고 마는 것이다

2.
내 잠은 자주 가문비나무 숲을 본다
죽은 나무의 입속에서
안개가 피어나고 푸른빛들이 흘러나온다

나무의 손가락들이 안개를 만지며
그 이상한 빛을 연주한다
빛들은 망설이다
흐르는 안개의 현 위를 떠다닌다

반짝이는 빛들은 안개 속에 알 수 없는 파문을 남기며
사라지는데
마치 그 빛의 율동은
전생을 꿈꾸는 슬픔의 육체 같다
나는 물기에 젖은 그 빛들의 숲을 응시하다 잠에서 깬다
지금 내 음악이 당신의 손가락을 찾고 있다

3.
내가 아는 남자는 피아노를 아내라고 불렀다
그는 아픈 피아노를 배에 싣고 유배를 떠났다

가문비나무가 울창한

호수 안의 섬에서
죽은 피아노의 장례를 치르고 수면을 연주했다

그가 깨운 흰 건반의 물결이
가문비나무 숲속에 번져 갔다
호수의 깊고 암울한 울음이 까마귀 떼를 날려 보냈다

그가 익사한 날, 안개 속에서
달이 떠올랐다 몸속의
소리를 다 비우고 나서야 빛이 되는 생이 있다

이상주의자

제 꽃을 받아 주세요(당신은 거꾸로 서 있잖아요)

바위 속에서 파도 소리가 들려요(저는 헨델의 〈할렐루야〉를 좋아해요)

지휘자가 서 있는 무대를 말하는군요(수평선이 출렁거렸죠)

황금빛 물고기가 되고 싶어요(저는 어항인걸요)

의자에 앉아 주세요(당신 무릎이잖아요)

바람 속에서 햇빛이 찰랑거려요(나비가 바다를 건너왔어요)

새와 당신은 무슨 관계인가요(서로 눈물을 아껴 먹어요)

나뭇가지 사이를 얘기하는군요(빗방울이 잠들었죠)

자주 하늘을 보시나요(저는 가방 속에 있어요)

제 사랑을 받아 주세요(당신이 낳았잖아요)

와인에 대해서 함부로 말하지 마세요(새들의 입술을 보았군요)

노을을 보며 무슨 생각하세요(한쪽 발이 바다에 있어요)

어젯밤 해변을 뛰어다녔어요(달이 당신을 외면했군요)

아버지는 엄마를 새라고 불렀어요(배 위에 앉아 있지 마세요)

당신 노래는 어디에 내재되어 있나요(노란 모자가 꿈을
꿔요)

어둠 속에서 혼자 우는 걸 보았어요(그곳에 무인도가 있
어요)

검은 새 떼가 제 이름을 불렀어요(발자국이 다 지워져
버렸죠)

행운의 숫자와 작은 배를 주고 싶어요(저는 이미 슬픔인
걸요)

당신을 줄곧 기다렸어요(바위가 마르는 소리를 듣지 못했
군요)

잔잔한 바다 위를 달려가고 싶어요(제게 빈 물컵을 주
세요)

구름의 얼굴이 당신을 닮았어요(그냥 찢어 버리세요)

등대가 반짝거리기 시작했군요(고양이는 자전거를 타고
오지 않아요)

저기 북극성이 보여요(발목에 묶인 끈을 풀어 주세요)

우산을 쓴 사람의 비밀을 알고 있나요(부두가 떠나는 모
습을 보고 싶은 거군요)

저는 벌써 나이 든 연필이지요(혼자 뜬 별은 몸이 아파요)

수평선에 집을 짓겠어요(파도 위에 꽃을 심어 주세요)

지금도 제가 거꾸로 서 있나요(저는 돌아서서 가고 있잖아요)

다시 수면 위로 날아오실 건가요(그림자를 용서해 주세요)

당신은 이상주의자인가요(제가 지독하게 바라보는 거울이죠)

인터뷰

　거미가 내려온다 물기가 스미듯 거미는 어두운 방 안
에 여덟 개의 모서리를 펼치고 죽어 가는 자의 내부를
기록한다

　(침대는 무덤이 아니야
　나비를 놓아 줘)

　거미는 죽어 가는 자의 입속으로 걸어 들어간다
　빛이 썩어 가는 냄새가 나는군
　거미는 신의 손가락처럼 투명한 타액의 비를 내린다

　혀를 다오
　혀를 다오
　너의 침묵은 내가 잃어버린 감정이지
　넌 거울 속에서 불길한 구름을 본 거야
　거미는 청색 혀로 수액을 빨아 먹는다

　거미는 다중성의 영혼처럼 죽어 가는 자의 머릿속에

속삭인다
　무수히 걸어온 길이 녹아내리는군
　폐부에서 불어오는 모래바람과 비명을 지르던 얼굴의
시간을 바라본다

　(나는 무덤이 아니야
　나비를 놓아 줘)

　죽어 가는 자의 머릿속에서 새끼 거미들 까맣게 흩어
진다 거미가 두 개의 발로 이승을 사각사각 오려 낼 때
마지막 숨소리가 절망 앞에서 팽창한다

　말을 다오
　말을 다오
　너의 후회는 내가 풀지 못한 비밀이지
　넌 거울 속에서 내 심장 소리를 들은 거야
　거미는 죽어 가는 자의 기억 속에 앞뒤가 없는 문을
만든다

밤은 죽고,
나비는 하얗고,

거미가 다시 벽 속으로 스며들면 사각의 방이 꿈을 꾸
듯 사라진다

고요처럼
고요처럼
나비는 허공을 가장 불안하게 날아간다

빙어

저수지 얼음 구멍 속에
부유하는 빙어들
어둠이 스며들어
뼈까지 투명해지는 꿈을 꾼다

혼자라는 말이
너무 추워
눈을 감고 내 안에 가둔 나

얼음 구멍 속에 뜬 달은
눈물이 뜨거워
이승에서 살얼음이 낀다

저수지에서 태어난
새까만 눈동자들
달의 흰 피를 받아먹고 있다

열대어

우린 눈동자가 출렁이는 방
어항 속에 얼굴을 담그면, 정말 사랑이 뭘까?

우린 숨이 막혀
얼굴이 달아오를 때까지 눈동자를 닦는다

바람은 많고, 사랑은 없고
오후가
흔들리는 촛불을 켜 봐

느리게 더 느려 디지게
헤엄치는 물고기는
서로 안경을 닦아 주지 않아

어항 속에 산호초는 야-호
일요일이니까
플라스틱 풀이 자란다

지금은 사물들 이름이
물방울로 변하는 시간

어항 속에 잉크를 뿌리면, 정말 사랑을 알까?
우린 숨이 막혀
안경알에 파란 물고기를 그린다

불면증

얼굴 속에 얼굴이
얼굴보다
작은 등 뒤에 이별을 말한다

혼자 쓰러져서
미안해

이불 위에 뜬 반달이
반달보다
큰
얼굴이 거품처럼 중얼거리며 떠다닌다

해가 지는 쪽에서
새가 뜨는 쪽으로

창문이 기운다

반쪽은 아침

반쪽이

하품하는 동그라미들

화요일의 감정

화요일의 감정을 그려야 해
접시 위에는 빨간 벽돌
꼬리를 흔드는 포크들

횡단보도에서 사과들이
쏟아졌다 돌아왔어

가방을 위해 아이를 버렸지
새장 속 인형에게
구운 빵을 던져 주었어

가로수가 떠난 구덩이에
화장지를 묻고
우산을 심어 주었어
어쩌면 빗방울이 많이 울 테니까

구름이 물들다 퇴근하고 있어
머리카락을 흔드는

도시 불빛들

어깨를 툭 치면, 엄마들은
언제 철이 들까 살금살금 화요일

칼의 진술

칼이 감쪽같이 살을 도려내고
숭어를 살려 주었다

빨간 등뼈가 서서히
꼬리를 흔들며
바닷속으로 가라앉았다

그러니까 사랑해?
칼이 슥-
단 한마디로 고백을 요구했다

나는 상처를 잊으려고
고통을 깨우며 살았다
칼이 양면의 날로 말했다

오늘은 해안에 밀려온
구름 그림자로
칼날의 피를 씻는다

도마 위에서 칼이 악몽을 꾸고 있다
핏기 하나 없는 햇빛이
칼날 속에서 스며 나온다

가끔 너의 내부에서
발견된 침묵이 섬뜩하다

300

금붕어는 모래를 삼키다 바로 뱉어 버린다

아름다운 꼬리로
詩를 쓴다

금붕어가 하는 말은 모두 물거품이다

검은 사람

그는 검은 사람 흰 부분에서 태어난
검은 사람 그는 흰 부분으로 말한다
그는 흰 부분을 검게 부릅뜨고
흰 부분의 검은 부분을 말한다

그는 총구에서 발사된 흰 부분을 말한다
꽃을 들고 울지 마라!
나비와
노동을 사수하라!

그는 검은 사람 언제나 검은 사람
흰 부분으로 흰 부분을 말한다
그는 검은 새를 들고
검은 부분의 흰 부분을 말한다

2부

유리벽

새가 되고 싶었어

바람을 믿고
바람을 열고
바람의 방이 되는

내게도 비밀이 생겼어
입속에 얼굴을 숨기는

어깨에 통증이 돋아났어
이제야 걷는 법을 알 것 같아

총소리에 놀란,
새처럼

봄, 봄

날 수 없는 새를 두고
혼자 떠나지 못한 새가 있다

버스가 급히
멈출 때

벚꽃 그늘 속에서

빗방울 전주곡

빗방울은 혼자이거나
셋이고

서로 멀거나
조금 가까워, 가만히 불러 본다

빗방울은 셋, 둘, 하나
창문에
마을을 이루고

빗방울은 얼굴이 없어
혼자 글썽이다

눈물이 무거워
쪼르륵 흘러내린다

토요일의 성분

거미는 허공에 무덤을 판다
한 가닥
거미줄을 풀며

아주 천천히 내려오는 잠

수요 미사가 열리고 바람이 불고
거미는 날린다

목요일에 첫눈이 내린다
물방울 속에서
까맣게 마르는 아침

가끔 꿈을 꾸듯
가느다란 발들이 제 목숨을 달랜다

금요일을 열고
새가 거미를 물고 날아간다

허공이 놓아 버린
거미줄이 우주로 흘러간다

죽은 자들의 요일이 돌아오고 있다

엘리베이터

엘리베이터 안에서 두 개의 거울이 마주 본다
(난 10층을 누른다
화분 속에서 얼굴 냄새가 나)

거울은 서로 집착하다 자신의 모습 속으로 점점 어두
워진다
(꽃 속에서 눈물이 흘러나왔어
사랑해
하지만 우린 같은 꿈을 꿀 순 없어)

결국 거울은 서로를 등지고 또 하나의 얼굴을 선택한다
(넌 1층을 누른다
오늘은
누구에게 내 얼굴을 줄까)

엘리베이터 안에서 하나의 얼굴이 둘로 갈라져 사라지
면 다시 거울은 자신의 쓸쓸한 내면을 바라본다
(그러니까 화분 속에서 꿈을 꾸어야 했어

너의 나무에

내 얼굴이 열릴 때까지)

포크와 나이프

식탁은 둥글고 접시 위엔
얼굴이 놓여 있지
잘 지냈니? 보고 싶었어
우린 다정하고
너는 너무나 궁금해, 뭘 잡아먹을까?
꽃과 음악은
불행한 풍경을 입고 있으니까 우린
포크와 나이프를 들지
식탁 위엔 빨간 장미
한 송이
넌 지금 행복해?
입술이 시위를 당기다
아차, 약 오른 혀를 놓아 버리지
미량의 독설이 천천히 스며들어
너의 불행이 확인될 때까지
식탁은 둥글고 언제나 접시는 웃고 있지
정말 행복해?
넌 눈빛은 다정하고

혀는 궁금하니까 뭘 더 먹을래?

창문과 여섯 개의 달

숲속에 달빛이 서 있다
바위는 강가에 앉아 검은 집을 응시한다 방 안 가득
달빛을 들이고 창문이 밝아 올 때까지
달빛 속에 우산을 쓰고 서 있던 한 남자를 기억한다

강가에 밀려오는 달빛 파편, 창문에 못 박힌 여섯 개
의 달과 액자, 그리고 서랍 속의 검은 배
바위는 도시로 떠난 한 남자를 생각한다
눈을 감으면 쓸쓸한 파란 내면
창문에 맺힌 두 개의 달 또는 반 개의 달

금이 간 벽은 사다리
벽을 타고
내려온 우산

그러나 물고기를 품고 잠든 여자
오늘도
남자는 창문과 창밖

알 수 없는 의자들의 암담함

열린 문은 하나, 닫힌 문은 창이 셋, 커튼을 열면 벽과
마름모꼴 달빛, 반쯤 열린 문을 바라보는 고양이, 의자
를 사이에 두고 남자와 창문, 달 속에 찍힌 여자 발자국

여자가 삼켜 버린 창문과 세 사람
지붕 위에 안테나
달빛을 만지는 한 남자의 침울한 표정

달이 전선 위를 구를 때 가방을 들고 떠난 남자, 창밖
을 바라보던 물고기 눈동자, 빛의 혼돈 속으로 날아가는
새, 허공에서 한 남자의 형상이 빛으로 쏟아진다

여자와 배가 어둠을 신고 돌아온다
그물에 빛나는 물기들
나무들이 고요를 움켜쥐고 일렁인다

검은 집에 불이 켜지고
바위는 강으로 이어진 외길과
물고기를 품고 잠든 여자의 꿈을 용서한다

악몽

1.
악공이 오동나무를 두드린다 죽은 오동나무 속에서
음악의 손가락이 쏟아진다
바람이 되지 못한 나무의 흰 뼈는 불에 그슬린 음악의
혀가 되리라

현을 튕기다 떨어진 핏물이 악기 속으로 스며든다
그때 악공은 눈을 감고 자신의 전생을 본다

오동나무 속에서 흘러나온 음들은
절벽에서 뛰어내린
아비의 눈물을 닮았다

거문고 속에서 검은 산이 운다

2.
악공은 악몽을 꾸어야 바람의 현을 볼 수 있다
거문고의 어두운 입이 음을 토해 낸다

허공을 표류하는 음들은 고요를 만나 새들의 영혼이
된다
바람의 현 위를 날아다니는 새는 음의 육체다
혼자 울며 나는 새는
제 영혼이 너무나 뜨겁기 때문이다

바람 속에서 불타 버린
새들의 재가 오선지 위에 내려앉는다
악공은 꿈속에서
새가 끝없이 추락하는 형벌을 받았다

3.
음악은 아비가 죽은 이유를 풀 수 있는 열쇠다
그러나 악공은 그 열쇠를 사용하지 않는다

악공은 초승달이 뜬 날
자신의 발자국 속에 오동나무 씨앗을 심는다

악공은 오동꽃이 피어난 방에서
밤새 음을 살해한다
그 음들은 눈물 없이 태어난 사생아다

음악이 되지 못한 음들은 땅에 스며들어 오동나무 뿌
리에 깃든다
푸른 오동잎에 빗방울이 떨어지면
다시 눈을 뜬 음들이 악공을 부른다

4.
늙은 악공이 의자에 앉아 있다
무릎 위에서 고양이가 갸르릉 잠든다

썩은 사과에서 나비가 날아간다
모두 거문고가 놓여 있는 풍경이다

살화(煞花)

무당이 종이꽃을 태운다
불 속에서 처음 울어 보는
종이꽃이 활활 타오른다

무당 얼굴에 화색이 돌고
저녁은 오색 향냄새
불 속에서
어린 새의 영혼이 날개를 편다

흰 연기는 천 개의 혀와
불의 깃털을 가진
죽은 새들의 숲,
달이 저승의 목소리로 떠오른다

불이 불러온 바람 속에서
재가 날리면
그 연기는 달에 닿아
죽은 새들의 슬픔이 완성된다

불에 그슬린 무당의

두 발이 잠들면

달 속에서 들리는, 검은 새 떼의 숨소리

불길한 집

그 집이 불타고 있다
창문에서 불꽃이 솟구친다
불길이 날뛰며 탁탁
살림을 때려 부순다
결말을 들켜 버린
검은 연기가 회오리친다
대를 이어 온 가난이여
지겹게 버텨 온 날들이여
분노에 휩싸인 불길이
깨진 유리를 핥으며 이글거린다
비통한 자식의 죽음이
골목에 역한 냄새를 풍긴다
이제 미련을 버려라
그 집은 악 터다
예언을 장담했던 사람들
불똥이 튈까 봐 저만큼 멀어진다
내가 삶아 먹은 살들아
제발 나를 고발하라

돈줄에 목을 매고 악을 쓰던

그 불길한

집이 거룩하게 타오른다

창문은 기록한다

골목에서 그림자들이 사라져요
남자는 가슴에 박힌 칼날을 움켜쥐고 있어요
눈동자가 떨려요
입술을 깨물 수가 없어요
침묵이 혓바닥을 삼켰어요
벽에 숨어 있는
저 어둠은 비열한 그림자들이에요
한 손으론 고통을 지탱할 수 없어요
골목에서 후회와 사랑은 마주치지 않아요
남자는 컥 피를 토하고 고개를 떨궈요
시간에 수없이 긁힌
눈동자에서
젖은 머리카락이 자라나요
오늘 밤 가로등은
한 여자를 잃고 열매를 맺지 못했어요
낙엽들이 낄낄거리며 모서리로 굴러가요
컴컴한 창문은 도저히 믿을 수가 없어요
벽에 박힌 돌비늘이

다시 가난한 집을 휘감고 있어요
골목이 한 여자의 비명을 삼키고 있어요

환생

닭볶음탕을 시켜 놓고
몇 사람 평상 위에 앉아 있다
나방이 마당 전구 불빛을 흔든다
부엌문 그림자 열렸다 닫혔다
처마 지붕의 깃털이
푸닭푸닭 뽑힌다
닭집 아주머니
단칼에
부엌을 토막 내는 소리
장화리 뒷산에
뼈가 부러진 별이 튀어 박힌다
닭 목이 달아나도
달은 목구멍이 시원하게 운다
닭 한 마리 시켰는데
지붕 위에 그림자 셋 날아간다
마당 알전구
퍽 터지며 어둠을 부화한다

혈여(血餘)

　머리카락이 자란다. 싹둑 잘라 버린 머리카락이, 고요할수록 근질근질한 머리카락이, 온통 불길한 생각들이, 머리통을 쥐어뜯던 머리카락이, 악을 쓰며 부정했던 기억이, 두통처럼 날카로운 머리카락이, 심장이 토해 낸 싸늘한 머리카락이, 눈동자에 뿌리박힌 머리카락이, 피가 거꾸로 솟던 말들이, 풀고 볶고 갈라도 해답이 없던 머리카락이, 거울 속에 회오리치는 머리카락이, 분노에 타 버린 흰 머리카락이, 죽어서도 자라겠다고, 머리 끈에 한 다발 묶여 있다

비의 숲

먹구름처럼 흔들리는 솔숲에
한 잎,
두 잎, 가는 비 오시나
돌멩이 발자국 지우고 저녁이 쌓이시나

내 불안한 생각은 잠시
솔숲에 머물러
저녁이 불러온 바람이 되고
컴컴한 기별이 되기도 하지

그래, 바람은
휘청
참 가파른 길을 쉽게도 떠나지
사랑은 떠난 후 가늘게 쌓이지

먹구름처럼 흔들리는 솔숲에
혼자 붉게 쌓이다
가는 소리

가는 비 마르고, 오는 비 쌓이시나

화려한 무늬

찔레 덤불 속
가시에 찔린
뱀이 허물을 벗는다
눈동자에서
허물이 떨어질 때
뱀이 처절하게 아가리를 벌린다
마디마디 허물이
벗겨질 때
화려한 무늬가 되살아난다
지울 수 없는 죄로
신음하는 소리
저렇게 고요할 것이다

집착

당신의 집이 흘러가는 구름이 됩니다 구름이 비를 내리고 점점 사각의 가방이 됩니다 가방이 날개를 접고 책이 됩니다 책이 겨우 혀를 깨물고 일요일이 됩니다

당신이 풀밭에서 잠을 잡니다

꿈속에 둥근 달이 뜹니다 달이 반짝이는 작은 돌멩이가 됩니다

풀밭에 돌멩이가 떨어집니다

빈 화분

화분에 묵은 싹을 잘라 버렸어
꽃 한 번 더 보자고
물을 주며
빈 화분의 저녁을 떠올렸어

내 안에 사랑이 남아 있나?
생각할수록
나와 빈 화분의 관계를 생각했어

아침이 새로 생겨나고
화분에 사랑초 꽃들
어떤 명분도 없이 피어 있었어

고단한 음악처럼
꽃들이 우-
햇빛을 향해 옮겨붙고 있었어

이제 그만 꽃을 피워야 하나?

시든 꽃을 만지며
창밖을 위태롭게 내려다보았어

이건 사는 게 아니야!
이명을 앓고 있는
나는 빈 화분이었어

유리컵 속의 달

여자는 저수지 물속에 서 있는 나무를 본다

죽은 나무 손가락에 달이 열려 있다

바람이 달빛을 휘감아 수면 위에 뿌린다

물속에 잠긴 검은 산이 흔들린다

여자는 창가에서 고양이를 쓰다듬는다

나는 죽은 아이를 묻고 아직 울지도 못했다

물결이 밀어낸 슬픔의 부력처럼

유리컵 속에서 달이 둥- 둥- 떠오른다

여자의 몸속에서 달이 울기 시작한다

해무

돌 속에 뜬 달을 본다
아버지가 주워 온 저녁이니까

돌 속에 피어난 해무를 본다
물새들이 피난을 가니까

오늘도 아버지는
해안에서 텔레비전을 보고 있다

안부가 끊긴 고요처럼
해무에
달이 다 젖었다

궁금하면, 가만히
돌 속의 창문을 열어 둔다

꽃들아! 말해 줘

가끔 뱀은 허물을 벗고 꽃이 되지
꽃은 눈이 많아 눈물 속에 살지
내가 안녕! 안녕!
꽃을 부르면
참 할 말이 많았는데……
꽃은 뒤돌아보다 슬픔까지 걸어가지
두 갈래 혀로 눈을 만지는
꽃들아! 말해 줘
입술을 깨물고 별이 되는 꽃들아! 말해 줘
난 아직 어른이니까
눈가에 흐르는
안녕을
어떻게 닦아 내는지 말해 줘!

3부

가상현실

동그라미를 그린다 어느 나라에서 살래?

동그라미 안에서 세모와 네모는 집을 짓는다

나는 발가락을 늘려 동그라미 밖에 별을 그린다

동그라미는 높이 떠서 자신의 뜰을 비춘다

사랑은 늘 밖에 있다

내부로부터 동백

동백은 주머니가 많고
이름이 차가워
(말랑말랑 말하는, 붉은 눈들)

지하에서 5층까지
똑! 똑! 엄마야 문을 열어 줘!
(우리는
엄마가 숨겨 놓은 출구를 찾았어요)

동백의 내부에서
벨이 울린다
(꽃들아!
구름은 위험해 전화를 받지 마!)

동백은 꽃이 너무 많아
주머니가 젖는다
하나, 둘, 셋,
(엄마야 문을 열어 줘!)

저기 햇빛이 서 있다
여기 바람이 눈뜬다
(새들이 구름의 말을 하며 날아간다)

얘들아! 손톱으로 누르면
비명을 지르는
새들의 말을 믿지 마!

동백은 주머니가 많고
비밀이 차가워
자꾸 붉은 눈을 꺼낸다

사과를 잊지 말아요

사과는 엉덩이입니까
당신의 심장입니까

싹둑 잘린 사과는
반쪽이 즐겁군요

차라리 나비라고 할래요

조각난 사과는 서로
너무나 똑같아
칼날에서 사과꽃 냄새가 나네요

사과의 반쪽과
반쪽의 사과가 두고 간

잘 가라는 인사
붉은 껍질을 잊지 말아요

물론의 세계

피아노 속에서 음악이 흘러나온다
음악의 얼굴은
고요가 지워진 32세
흰 블라우스와 우아한 꽃무늬 치마를 입었군

음악이 유령처럼
떠다니는 동안
방 안에 향수 냄새가 난다

나는 기록한다 외로움이 죽어서 음악을 찾아왔다 그
러나 음악 속에 가득 유폐된 눈물들, 음악의 투명한 머
리카락이 자라나 나는 눈을 감는다

음악이 내 슬픔을 본다, 멈추어 다오
내가 살아가는 이유는, 다만 안 된다고

피아노 속에서 비가 내린다
고양이가 나를 듣는다

누군가 피아노 속에 지독한 사랑을 숨겨 놓았군

그래요 "난 사랑을 들켜 버렸어요"
음악의 목소리가 쉼표처럼 떨린다

난 피아노 속에서 흘러나온 고독이란 책을 읽는데 왜
기억들은 자꾸 빗물에 젖는지 몰라

다시 음악이 자신의 악보를 접고 피아노 속에 공손히
내려앉아 잠이 든다

빗속을 홀연히 떠도는
저 비음은
울음일까 노래일까

그러니까 "난 괜찮아요"
우리는 물론의 세계니까

나는 음악을 깨워 밥을 먹고
방 안에 촛불을 켠다
내 음악은 죽은 지 너무 오래됐다

이 세상을 떠난 음악들

저는 언제까지 음악을 연주해야 해요
얘야 울고 싶을 때 울어라
내 연주는 다 끝나 간단다

슬픔에는 하늘이 있고
음악에는 증오가 없구나

음악은 아버지의 집인가요
엄마에 대한 질문인가요

얘야 내가 죽거든 뼈를 대워
아버지 음악 위에 뿌려 다오

저는 아버지를 용서할 수가 없어요
얘야 엄마의 머리카락을 잘라
베개를 만들어 보렴

먼지들의 고요 속에서

이 세상을 떠난 음악들의 비밀을 볼 수 있단다

엄마의 무덤이 열려 있는 꿈을 꿔요
눈동자가 없는 새가 눈물을 흘려요

얘야 엄마의 연주가 끝나면
네 귓속에서도 눈물이 자라난단다

오늘은 음악이 자신을
기록하는 날,
목련나무가 흰 혓바닥을 깨물고 있다

우리는 구체적일 수 없는 얼굴

하루살이 떼는 노을 타는 먼지들
확 얼굴에 달라붙는
순간 눈앞이 캄캄해지는 얼굴

바람 속에서도 서로를 고스란히 기억해 내는
오직 하나의 얼굴
아니 수천 마리의 우글거리는 얼굴

하루를 아무리 반죽해도 위로가 될 수 없는 얼굴
하루살이 떼는 허공의 실체일까
얼굴의 고요일까

우리는 중심이 비어서
더 정신없이 얼굴을 흔드는, 그러니까
사랑해, 사랑해,
다시
우리는 하루살이 떼

흩날리는 것은 하루만이 아니어서
태어나자마자 죽어야 할 일이 많은 얼굴

오늘도 하루살이 떼는 노을 속에서
하루루
하루루 타오르는
우리는 구체적일 수 없는 얼굴

새가 뚫고 지나간
하루살이 떼는, 무슨 할 말이 있는가

새들이 돌아오는 저녁

새들이 돌아오는 저녁을 꽃이라고 부른다
나는 꽃을 꺾어 해안에 던진다

새들이 눈썹처럼 돌아와 차갑게 우는 것은
아직도 불빛을 향해
배 위를 달려가는 그림자를 보았기 때문이다

새들이 돌아오는 저녁을 등대라고 부른다
나는 불빛을 꺾어 바위 위에 던진다

새들이 침묵을 불고 바위 속에 제 그림자를 접어 넣는
다 말갛게 씻긴 발을 들이고 신열에 떨며 몸을 웅크린다
새들이 눈을 감고 바라보는 낡은 부리에는 어느 백랍 같
은 영혼의 냄새가 묻어 있다

새들이 돌아오는 저녁을 안식처라고 부른다
나는 돌아오지 않는 새를 기다리기로 한다

어두운 심연에서 떠오른 안개가 바위를 삼키며 해안을
점령한다
폭풍우 속으로 사라졌던 검은 배가
뱀이 우는 소리를 내며 부두에 닿는다
안개 속에서 폐허가 된 마을로 걸어가는 발소리가 들
린다

짙은 안개는
새들의 바위를 다 어쨌을까

안개 속에서
죽은 사람의 이름이 밀려오는
밤이면 새들은 꽃을 먹지 않는다

바람이 다시 쓰는 겨울

나는 강물의 얼굴을 알고 있다 새들이
죽은 버드나무 위에
집을 짓지 않은 시간에 대하여

물결이 물결 위에 쌓이는
겨울 강물의 폐허에 대하여

나는 죽어도 좋을까
다시 죽어도 좋을까

버드나무는 죽어서도 버드나무, 뿌리에서 시작해 가지
에서 끝나는
겨울의 찬란한 혁명을 알고 있다

버드나무를 구름이라고 부르는
언 강물을 긴 편지라고 부르는

까마귀 떼가 누군가의 심장을 파먹다

가-가-가- 외치며 날고 있다

버드나무 얼굴이 귀신처럼 휘파람을 불면
눈이 올 듯 번지는
수상한 노을의 저편

바람이 바람결 위에 쌓이는
언 강물 위에
죽은 버드나무 그림자 백지장처럼 얼어 가고 있다

얼어붙은 그림자 위에
바람이 새로 새긴 투명한 잎사귀들

해가 얼음 속으로 스미는 저녁 무렵
버드나무의 전생을
바람이 다시 쓰는, 겨울 강물에 대하여

마지막 동작

그가 옥상에서 춤을 추기 시작한다 두 발로 의자 위를 뛰어오른다 공중에서 몸을 회전한 뒤 착지 동작을 펼친다 허공과 바닥은 반복이다 그가 높이 뛰어오를수록 그림자는 바닥에 집착한다 어깨에 돋아난 상처가 깃털이 될 수는 없다

그는 눈을 감고 난간 위에 서 있다 귓속에서 그녀의 목소리가 들려온다 그녀는 이름이 얇고 왼팔에서 걸어온다 그는 도시의 숲을 지나 이별의 여름을 건너가야 한다 새들은 계단으로 내려오고 허공은 결코 바닥을 허락하지 않는다

그가 두 팔을 펼친다 바람이 손목을 휘감는다 혈관을 타고 심장을 점령한다 바람이 뿌리내린 그의 내부는 푸른 뼈로 가득 찬다 그가 난간에서 힘껏 뛰어내린다 허공은 정말 가볍고 책장을 넘기는 소리가 난다 그가 바닥을 통과한 후 고요가 닫힌다 10층 창문에서 한 여자의 목소리가 깨진다

그는 그림자가 없다 그의 마지막 동작은 추락이 아닌
연습이다 아스팔트 바닥에 검은 피가 고인다 교회 철탑
위에 일요일이 걸려 있다 세상이 십자가를 구원해 줄 수
는 없다 이제 허공이 그를 허락할 차례다

오월, 편지

광장에 비둘기가 추락했다
이봐! 비둘기
총에 맞은 거야?

이젠 태양에서 총성이 들리지 않아
너의 병은 너무 오래됐어
비명을 지를수록 깃털이 자꾸 부풀어 오르지

마비된 날개는 평화롭고
또 얼마나 끔찍한지
도시는 새들의 나쁜 습관을 앓아

죽음에 대한 의문을 풀기 위해
한쪽 날개를 퍼덕이면
콧구멍에서 벌레가 빠져나오지

오월의 저녁은 참 이상해
구름이 기괴한 얼굴로

십자가 뒤로 숨어 버렸어

이봐! 비둘기
눈동자가 충혈되잖아

나는 고양이가 찢어 버린 깃털을
광장에서 자주 목격해
모두 신의 주소로 잘 배달된 거지

속눈썹을 믿지 마라

남자는 흔들다 두드리다
끌어안고 주저앉는다
가로등의 눈빛이 초조하게 흔들린다

하천에서 안개가 피어나고
남자는 길 위에 흩어진다
이럴 수가,
새가 울분을 토하며 날아간다

안개는 부패한 사랑을 증명하기 위해 하천을 건너왔다
가로등의 꽃밀이 지워지고 황홀한 속눈썹이 사라진다

남자는 도저히 믿을 수가 없다
안개 속에는
가로등의 충혈된 눈동자만 남아 있다

오늘 밤, 비가 내리고
남자는 또 가로등 아래 서 있다

남자 어깨가 빗물에 씻겨 내린다
아스팔트 바닥에
번들거리는 불빛이 하천으로 흘러든다

가로등의 젖은 속눈썹이
아파트 창문까지 휘어져 와 닿는다

보라, 속눈썹이 없다면 눈부시게 빛난 것들 있겠는가
속지 마라, 눈을 질끈 감으면
떠오르는 눈, 제발 믿지 마라

관성의 법칙

불빛이 달려왔어
순간
충격이었어

모든 것을 알 것 같은
아무 말도 할 수 없는

저 짐승을 봐!
도로 위에 홍건히
흘린 피

가만, 너는 제자리를 달리는 시간
뭐지, 너는 저쪽이 바라보는 속도
이런, 너는 순간이 건너간 부작용

눈동자에서 꺼져 가는
도시 외곽 불빛
풀밭에 필름처럼 떠 있는 길

소름이 돋아난
저녁은 어두운 감정

우리의 기도를 어쩌지?
너구리를 싣고 간
오토바이는
25시 황제반점에서 산다

모자에 대한 진술

1.
까마귀는 부르지 유리컵 위에서 둥근 모자를 부르지
모자가 날아가면
벽에는 아버지의 눈동자가 박혀 있지

아버지의 창문은 무척 작고 단순하지 엄마가 의자에
앉아 우는 이유를 모르지 그런데 아버지는 대문 밖에서
뭘 망설이지?

2.
음, 책장을 찢어 길을 덮어 놓았군
마지막 페이지에
발자국을 숨겨 놓았어
하지만 난 말이야 아버지의 발자국을 촛불로 다 지울
수도 있어

아버지는 아직도 대문 밖에 서 있지 정원은 가까워 바
다는 고요하지 아버지 모자와 대문 콘크리트 기둥에는

수많은 물음표가 새겨져 있어

3.

당신은 무슨 책을 읽고 있습니까 나는 우산을 들고 하늘을 보며 걷고 있다오 당신은 왜소한 몸보다 발자국이 너무 많군요 내 발자국은 아버지의 유언이었소 어제는 나보다 큰 모자와 책을 물려 주었소

까마귀는 대문 밖에서 태어났고 유리컵 속에서 살지
여보! 모자와 까마귀의 비밀을 말해 주겠소
모두 당신 이야기 아닌가요
이제 그만하세요
난 이미 당신 아버지의 창문을 알고 있어요

4.

바다를 항해하는 자여! 지금 타자하는 내용이 무엇이오?
물론 모자에 대한 진술이오

내 아버지 죽음에 대하여 무엇을 알고 있단 말이오?

난 책상을 타고 바다를 떠도는 자를 보았소
유리컵 속의 바다는 잔잔했고
까마귀를 닮은 우산을 들고 있었소
그리고 당신 모자 속에
엄마의 저녁을 숨겨 두었다고 내게 말해 주었소

날아가는 자장면
-주재환 화가에게

  골목에서 햇살이 자라나 오토바이가 달린다 소년
은 커다랗게 부풀어 가방을 타고 나른다 거리의 나무들
이 창문을 열고 소년을 부른다 헤이- 단무지!

  하늘은 여전히 푸르고 플라스틱 쟁반을 닮았다
  담장 위에 목련꽃이 빈 그릇처럼 피어 있다

  벽은 검고 소년은 고스란히 남아 머리카락이 날린다
햇살이 희미하게 무너져 오토바이가 달린다 구름반점 소
녀가 자장면을 부른다 소년의 오토바이는 속이 텅 비어
나무젓가락처럼 웃는다

  헤이- 단무지!
  가방을 타고 나르는, 날아가는 자장면

4번 타자

딱-, 한 방에 떠오른 달

순간
숲은 고요했다

그러다 와-
수많은 나무가 일어나 박수를 치기 시작했다

나는 어디로 뛰어가야 하는가

지금
내겐 아무도 없고, 있다

안타에게

햇빛 속으로 나비가 온다

내게 남은
단 한 번의 스윙

나비의 시간을 살고 싶었어
꽃에서 꽃까지

내가 반사될 확률은
모서리에서 끝까지 살아남는 일

1루를 향해 안녕!
나비가 날고
나는 햇빛의 시간을 듣는다

지금 안타는 어디쯤일까?

조도(照度)

절벽 위로 새가
솟구친다
흑백이 빛난 것처럼

해안에 밀려온
계산기에서
물기가 떠난다

새들의 이름이
혼자라는
두 발을 가진 것처럼

새가 고도에서
사라질 때
나는 눈이 아프다

나비가 잠깐
노란 꽃의

체온을 느낀 것처럼

바람이 파도의 언어로
절벽에
흉터를 낸다

새가 스스로 돌아와
제 내장을
보여 줄 때까지

너는 내 입속
해안에 떠 있다

너무나, 쉽게

너는 모래바람이 부는 해변이다

풍랑이 눈을 떠서 떠나야 한다

떠난다는 말이 담배를 피운다

색칠한 배가 부두까지 따라온다

물결은 울음을 터뜨려 몸이 아프다

눈 먼 새가 수평선을 구부린다

암초가 물속에서 숨을 참는다

서둘러 난동을 알아 버린 너를 사랑한다

너의 해변에서 눈물이 날린다

떠난다는 말이 너무나, 쉽게

내 안에서 피항(避航)의 날개를 접는다

해당화

죽음을 각오하고 떠난
사람이 돌아오지 않는다

생각해 보면 모두
견딜 수 없어 꽃을 본다

여자는 혼자 아이를 낳고
뱀처럼 운다

어쩔 수 없다는 말이
해변에서 소용돌이친다

여자는 손가락을 깨물어
해당화를 그린다

한 잎의 초승달이
모래 언덕 위에 흔들린다

기다린다는 향기가
아주 천천히 가슴에 흐른다

임자도

백지 위에 새 떼를 그린다

나는 눈 내리는
섬을
그리지 않는다

백지 끝에서
누군가 문을 열고 멀리까지 내다본다

집으로 가는 길이
혼자였다

유령의 감각

이경수(문학평론가·중앙대학교 국어국문학과 교수)

불면의 밤

10년 만에 세상에 나온 김두안의 두 번째 시집은 첫 시집과 사뭇 다른 감정의 결을 보여 준다. 소외된 이들의 슬픔과 상실감을 담담히 그려 내던 시인의 언어는 이제 슬픔과 우울의 감정으로 숱한 불면의 밤을 보낸 이의 예민하고 상처 입은 언어의 결을 드러내고 있다. 시인이 살아오고 버텨 온 10년이라는 세월이 녹록지 않았음을 짐작케 한다.

불면의 밤을 보낸 시의 주체가 감각하고 인식하는 대상이 자주 출현하는 이번 시집에는 슬픔과 우울과 불안의 감정이 예민하게 드리워져 있다. "이불 위에 누워 새벽 4시를 생각하"거나 "새벽이 얼룩얼룩 밝아 오"(「독백 영화관」)는 것을 지켜보는 시의 주체가 이번 시집에서는 자주 모습을 드러낸다. 시의 주체를 잠 못 들게 하는 원인은 구체적인 서사로 모습을 드러내지는 않지만 사람으로 인해 입은 상처임을 짐작하기는 어렵지 않다. 그는 종종 "나에 대해 알 것 같은/나쁜 감정들"(「내가 태어나는 이상한 비밀」)에 사로잡힌다. 그의 이번 시집에 자주 등장하는 '눈동자' 이미지는 잠 못 든 채 밤새도록 깨어 있는 주체의 예민하게 곤두선 감각을 단적으로 보여 준다. "또 방 안에는/물컹한/눈동자가, 둘" 있고 시의 주체는 "우울한 느낌"(「내가 태어나는 이상한 비밀」)에 사로잡힌다. '또'라는 부사의 쓰임은 방 안에 물컹한 눈동자가 둘 있는 이 모습이 시의 주체가 자주 경험하는 감각임을 알려 준다.

얼굴 속에 얼굴이
얼굴보다
작은 등 뒤에 이별을 말한다

혼자 쓰러져서
미안해

이불 위에 뜬 반달이
반달보다
큰

얼굴이 거품처럼 중얼거리며 떠다닌다

해가 지는 쪽에서
새가 뜨는 쪽으로

창문이 기운다

반쪽은 아침
반쪽이
하품하는 동그라미들

—「불면증」 전문

　오래 누워 뒤척이며 뜬눈으로 밤을 새 본 날들이 쌓여 가다 보면 이 시에 그려진 것 같은 무수한 동그라미들을 만날 수 있다. "얼굴 속에 얼굴이/얼굴보다/작은 등 뒤에 이별을 말"하기도 하고 "이불 위에 뜬 반달이/반달보다/큰/얼굴이 거품처럼 중얼거리며 떠다"니기도 한다. 무수하게 생성되었다가 꺼지며 사라져 버리는 거품도 중얼거림도 불면의 밤과 아침을 떠다니는 동그라미들 같다. 시의 주체가 잠 못 드는 까닭은 누군가에 대한 미안함과 부채 의식 때문인 것으로 보인다. "혼자 쓰러져서/미안해"는 주체의 말일 수도 누군가 그에게 건넨 이별의 말일 수도 있다. 그 말에 사로잡혀, 그 말이 불러일으키는 죄의식에 사로잡혀 그는 "해가 지는 쪽에서/새가 뜨는 쪽으로" 창문이 기울도록 잠을 이루지 못하며 괴로워하고 있는 것으로 보인다. 밤이면 어김없이 찾아드는 불안감과 눈덩이처럼 커지는 불길한 생각으로 인해, 거품처럼 중얼거리며 떠다니는 얼굴들에 시달리며 아침이 오도록 잠을 이루지 못하는 것이리라.

"내 불안한 생각은 잠시/솔숲에 머물러/저녁이 불러온 바람이 되고/컴컴한 기별이 되기도 하지"(「비의 숲」)만, 시의 주체의 밤을 온통 사로잡아 불안과 불면의 포로가 되게 만들기도 한다. 잠들지 못하고 깨어 있는 시간이 많다는 것은 그만큼 자신을 들여다보는 시간이 많다는 뜻이기도 하다. 지독한 자기 응시는 불안감과 죄의식을 점점 더 키우고, 그 때문인지 김두안의 이번 시집에는 불길하고 불안하고 우울한 감정들이 출렁인다.

환(幻)

불면의 밤에 오래 사로잡힌 주체가 환(幻)에 빠져드는 것은 어찌 보면 자연스럽다. 이번 시집에서 김두안의 시적 주체는 현실과 환상의 경계를 자주 넘나든다. 환은 시의 주체를 홀리기도 하고 잊고 있던 기억과 대면하게 하기도 한다. 주체의 무의식이 환의 풍경을 빚어내는 것인지도 모른다. 나무와 새의 이미지가 어우러진 풍경은 경계가 선명하지 않아 흔들리는 환의 풍경을 아름답게 빚어낸다.

새가 드나들어
꽃이 핀다
가지가지 가지에 일요일이 터진다

뭘 보여 줄까
흔들리는 것

파르르르 빛이 쏟아지고 있어
너의 이름에서 거짓말이 보여

수영약국 앞에 잠든
아이는
당신이 가져가

우리의 잘못은
지금이 적당해
그만
그만

너의 기도 위에는
어깨 아픈 새가 앉아 있어

뭘 보여 줄까
같이 흔들리는 것

우리는 거리의 나무야
가지, 가지에
잘못이 드나들어 꽃이 핀다

수영약국 앞에
잠든 아이가
저녁으로 걸어간다

―「수영약국」 전문

새가 드나드는 모습은 나무에 역동성을 부여한다. 새의
드나듦으로 인해 나무는 흔들리고, 새와 나무는 비로소
서로 관계 맺는다. 그러므로 "새가 드나들어/꽃이" 필 수
도 있다. "가지가지 가지에" 터지는 것은 꽃일 텐데, 시의
주체는 일요일이 터진다고 말한다. 일요일은 그에게 어떤
시간일까?
새가 부여한 흔들림은 주체의 감정을 동요시킨다. "뭘
보여 줄까/흔들리"고 "파르르르 빛이 쏟아지"듯 그의 감정
도 동요한다. 이어지는 풍경은 상처의 말들로 가득하다.
"너의 이름에서 거짓말이 보여", "수영약국 앞에 잠든/아

이는/당신이 가져가", "우리의 잘못은/지금이 적당해/그만/그만". 어쩌면 시의 주체가 들었거나 경험한 말일 수도 있고 무의식 깊이 가라앉아 있다 떠오른 말일 수도 있다. 이번 시집에 수록된 시에서는 현실인지 환상인지 모호한 이런 장면들이 종종 등장한다. '수영약국'이라는 장소는 주체에게 "우리의 잘못"과 "너의 기도"와 너의 기도에 얹어진 "어깨 아픈 새"를 환기한다. 어깨 아픈 새는 날아갈 수 없을 것이므로 너의 기도는 좀처럼 가벼워지지 않는다. 구구절절한 사연이야 알 수 없지만 주체의 죄의식과 기도의 간절함과 묵직한 아픔은 짐작이 가고도 남는다. "우리는 거리의 나무야/가지, 가지에/잘못이 드나들어 꽃이 핀다"에 이르면 '새'의 자리를 대체하는 것은 '잘못'이다. 그러므로 꽃이 피듯 주체의 죄의식도 계속 피어날 것이다. "수영약국 앞에/잠든 아이가/저녁으로 걸어"가는 풍경은 하나의 환처럼, 좀처럼 벗어날 수 없는 환상통처럼 시의 주체에게 아프게 새겨져 있다.

    나는 어떻게 달에 왔는지 기억나지 않는다
    이 거대한 강가에는 창문이 없는 빈집과 모래 위에 까마귀 화석이 서 있다

    나는 소란이 떠난 마을을 바라본다 밝지도 어둡지도 못한 불면의 경계에서 달의 멸망한 시간을 생각한다

어느 날 까마귀의 예언처럼 강가에서 희고 거룩한 고요
의 종교가 발견됐다 부패한 구름은 지상으로 내려와 층층
이 얼어 버렸으며 청동새 별이 무수히 지워졌다 사람들은
스스로 혓바닥을 삼키고 돌 틈에 작은 붓꽃을 심었다 그리
고 모두 강을 건너가 빙하 속으로 사라졌다

지금도 침묵의 강가에는
종단으로부터 이탈한 자를 쫓는 짐승처럼 검은 바위들이
서 있다

지상의 종교가 죽음 이후 시간과
빛의 탄생을 약속했듯
빙하 속에서 사람들 목소리가 반사된다

나는 또 몇 번의 생을 거슬러 와 이 거대한 멸망의 강가
에서 빈집의 문을 연다 나무는 흔들리지 않고 노란 붓꽃에
서 눈물 냄새가 난다

나는 그토록 바라보았던 달에 와서 환생의 기억을 꿈
꾼다

고요로부터 도망친

눈동자에

달의 환한 무늬가 새겨져 있다

―「환월(幻月)」 전문

환월은 달의 양쪽에 나타나는 두 개의 빛나는 점을 가리키는데, 환월 현상은 마치 달이 세 개인 것처럼 보이는 착시를 일으킨다. 첫 시집에서부터 '달'은 김두안의 시에서 중요한 이미지를 형성해 왔는데 이번 시집에서는 특히 환의 풍경을 만들어 내는 데 기여한다. 무수한 불면의 밤을 보낸 시의 주체에게 달은 친연성을 지니는 대상이겠지만 "어떻게 달에 왔는지 기억나지 않는다"고 그는 고백한다. 다만, "밝지도 어둡지도 못한 불면의 경계에서 달의 멸망한 시간을 생각"할 뿐이다. 시의 주체가 그려 내는 환월의 풍경은 "까마귀 화석"과 "까마귀의 예언"과 "빙하"와 "죽음 이후 시간과/빛의 탄생"과 "몇 번의 생을 거슬러" 온 전생의 기억과 "환생의 기억"을 거느린 신비한 풍경이다. 얼음 결정에 의한 빛의 굴절로 환월이 생긴다는 사실에 착안해 김두안의 시는 빙하와 빛이 만들어 내는 기원의 시간을 아름다운 환월의 이미지로 형상화한다. 그곳에서는 "희고 거룩한 고요의 종교가 발견"되었고 구름도 얼고 별도 지워졌다. 사람들도 "스스로 혓바닥을 삼키고 돌틈에 작은 붓꽃을 심"고는 "모두 강을 건너가 빙하 속으로 사라"져 버렸다. 시의 주체는 자신의 기원을 "달의 멸망한

137

시간"과 "침묵의 강가"에서 찾는다. "또 몇 번의 생을 거슬러 와 이 거대한 멸망의 강가에서 빈집의 문을" 열고 "노란 붓꽃"을 비로소 발견한다. 말을 삼키고 심은 "노란 붓꽃에서"는 "눈물 냄새가 난다". 멸망을 거듭하며 환생한 기억이 깊은 슬픔을 아로새겼기 때문일 것이다. "소란이 떠난 마을"을 바라보다 "고요로부터 도망친/눈동자에/달의 환한 무늬가 새겨"지면서 시의 주체는 달과 운명적으로 조우하게 된다. 그가 불면에 시달리게 된 것도, 달의 운명을 살아가게 된 것도 어쩌면 그 때문이 아닐까.

우울의 원인

시인으로서의 운명과 그 운명의 기원에 대해 탐색하는 이번 시집에는 우울의 정조가 전반적으로 깔려 있다. 첫 시집에서 어렴풋이 내비쳤던 어두운 내면은 이번 시집에서 본격적으로 모습을 드러낸다. 10년이라는 긴 시간 동안 자기를 응시해 온 시의 주체는 지독한 우울감에 사로잡히는데, 그것은 상처 입고 상실한 대상을 애도할 시간을 충분히 갖지 못했기 때문일 것이다. 가난과 사랑과 죽음으로 인한 상처와 상실감이 시집 전체에 우울과 불안과 슬픔의 감정을 드리운다.

칼이 감쪽같이 살을 도려내고
숭어를 살려 주었다

빨간 등뼈가 서서히
꼬리를 흔들며
바닷속으로 가라앉았다

그러니까 사랑해?
칼이 슥-
단 한마디로 고백을 요구했다

나는 상처를 잊으려고
고통을 깨우며 살았다
칼이 양면의 날로 말했다

오늘은 해안에 밀려온
구름 그림자로
칼날의 피를 씻는다

도마 위에서 칼이 악몽을 꾸고 있다
핏기 하나 없는 햇빛이
칼날 속에서 스며 나온다

가끔 너의 내부에서

발견된 침묵이 섬뜩하다

-「칼의 진술」 전문

"칼이 감쪽같이 살을 도려내고/숭어를 살려 주"듯이 우
리가 살면서 서로에게 겨누는 칼날도 때론 잔인하고 가혹
하다. "그러니까 사랑해?"라는 말도 "단 한마디로 고백을
요구"하는 칼처럼 냉혹한 상처의 말이 될 수 있다. 시의
주체는 "상처를 잊으려고/고통을 깨우며 살았다"고 고백한
다. 그가 지닌 칼은 "양면의 날"을 지니고 있어서 바깥의
대상을 향하기도 하지만 주체 자신을 향해 겨눠지기도 한
다. 그가 보낸 숱한 불면의 밤이 비로소 이해가 된다. 끊
임없이 자신을 돌아보고 괴롭히며 살아왔을 시간이 그의
시에 불안과 우울의 그림자를 드리운 것이겠다. 사랑하는
이와 주체 자신을 찌르고 상처 입힌 "칼날의 피"를 "해안
에 밀려온/구름 그림자로" 씻어 보기도 하지만 온전히 씻
길 리 없다. "도마 위에서" 칼은 여전히 "악몽을 꾸고 있"
고 "핏기 하나 없는 햇빛이/칼날 속에서 스며 나온다". 여
느 햇빛과 달리 "핏기 하나 없는 햇빛"이라 이 또한 불길하
긴 매한가지다. "가끔 너의 내부에서/발견된 침묵이 섬뜩
하다"는 고백이 이어지는 것도 그 때문이겠다. 침묵 또한
칼의 진술이므로 진의를 살피고자 하지만 말의 오해만큼
이나 침묵이 빚어내는 오해도 때론 섬뜩한 상처를 남긴다.

머리카락이 자란다. 싹둑 잘라 버린 머리카락이, 고요할
수록 근질근질한 머리카락이, 온통 불길한 생각들이, 머리
통을 쥐어뜯던 머리카락이, 악을 쓰며 부정했던 기억이, 두
통처럼 날카로운 머리카락이, 심장이 토해 낸 싸늘한 머리
카락이, 눈동자에 뿌리박힌 머리카락이, 피가 거꾸로 솟던
말들이, 풀고 볶고 갈라도 해답이 없던 머리카락이, 거울
속에 회오리치는 머리카락이, 분노에 타 버린 흰 머리카락
이, 죽어서도 자라겠다고, 머리 끈에 한 다발 묶여 있다.

－「혈여(血餘)」전문

사람의 머리카락을 불에 태워서 재를 만들어 기침이나
임질(淋疾), 어린이의 경간(驚癇) 따위를 다스리는 데 쓴다
고 한다. 혈여는 바로 사람의 머리카락이나 수염을 태워
서 재로 만든 약재를 가리킨다. 약재로 쓰기 위해 잘라 낸
머리카락에서 착안한 시일 텐데, 사실상 잘린 머리카락의
묶음이나 머리카락이 자라는 모습은 꽤 그로테스크한 풍
경을 자아낸다. 머리카락이 자라고 싹둑 잘린 모습에서 시
의 주체가 "온통 불길한 생각들"을 떠올리는 것도 그 때
문일 것이다. 머리카락이 자라듯이 불길한 생각이 자라나
고, "악을 쓰며 부정했던 기억이", "피가 거꾸로 솟던 말들
이" 머리카락을 잘라 내도 좀처럼 잊히지 않는다. "머리통
을 쥐어뜯"으며 괴로워하면서 머리카락을 몽땅 잘라 내면

잊고 싶은 기억도 함께 잘라 낼 수 있을지도 모른다는 허황된 꿈을 꿔 보기도 했겠지만, "거울 속에 회오리치는 머리카락이, 분노에 타 버린 흰 머리카락이, 죽어서도 자라겠다고, 머리끈에 한 다발 묶여 있다." 잊을 수 없는 기억이 자아내는 고통이 머리카락이 자라는 상상과 맞물려 강렬한 이미지를 구축한다. 불길하고 불안하고 아픈 감정이 아닐 수 없다. 김두안의 이번 시집에는 흑백의 이미지가 자주 모습을 드러내는데, 머리카락도 이러한 이미지의 구축에 기여한다. 특히 검은색은 불길한 감정의 빛깔로 시집 전체에 묵직하게 깔려 있다.

무당이 종이꽃을 태운다
불 속에서 처음 울어 보는
종이꽃이 활활 타오른다

무당 얼굴에 화색이 돌고
저녁은 오색 향냄새
불 속에서
어린 새의 영혼이 날개를 편다

흰 연기는 천 개의 혀와
불의 깃털을 가진
죽은 새들의 숲,

달이 저승의 목소리로 떠오른다

불이 불러온 바람 속에서
재가 날리면
그 연기는 달에 닿아
죽은 새들의 슬픔이 완성된다

불에 그슬린 무당의
두 발이 잠들면
달 속에서 들리는, 검은 새 떼의 숨소리

— 「살화(煞花)」 전문

  머리카락을 태우는 혈여를 비롯해 김두안의 이번 시집
에는 무언가를 태우는 이미지도 자주 눈에 띈다. 인용 시
에서처럼 "무당이 종이꽃을 태"우기도 하고 "집이 불타"
(「불길한 집」)기도 한다. 그런데 불타는 장면이 등장하는 시
들에서도 불꽃의 붉은 색채 이미지가 두드러지기보다는
재의 검은 빛깔과 "검은 연기"(「불길한 집」)가 자아내는 검
은색 이미지가 더 지배적이라는 점이 흥미롭다. 이런 까
닭에 이번 시집에서는 불길하고 불안하고 우울한 감정이
눈에 띄게 포착되는 것이겠다. 우울의 원인은 "비통한 자
식의 죽음" 때문이기도 하고 "대를 이어 온 가난"(「불길한

집」) 때문이기도 하다.

이 시에서도 "어린 새의 영혼이 날개를" 펴는 모습과 "흰 연기", "달이 저승의 목소리로 떠오"르는 모습이 흰색의 이미지를 형성하고 "죽은 새들의 숲", "재가 날리"는 모습, "죽은 새"와 "불에 그슬린 무당의/두 발"과 "검은 새 떼의 숨소리"가 검은색의 이미지를 구축한다. "종이꽃이 활활 타오"르는 모습이나 "오색 향냄새", "천 개의 혀"와 "불의 깃털"에서 붉은색의 이미지가 연상되지만 지배적인 흑백의 이미지가 알록달록한 색채를 덮어 버린다. 살화는 환생을 상징한다고 하지만 죽은 새들의 숲에서 저승의 목소리로 떠오르는 달과 검은 새 떼의 숨소리는 환생을 통해서도 이 슬픔이 가시지 않을 것임을 불길하게 예감케 한다. "죽은 새들의 슬픔이 완성"되어도 애도가 불가능함을 "검은 새 떼의 숨소리"를 통해 들려주고자 하는 것인지도 모르겠다.

감정의 파동, 음악

이번 시집에서 또 하나 인상적인 이미지가 있다면 음악이 구축하는 이미지다. 피아노 치는 여자와 피아노 소리가 김두안의 이번 시집에서 자주 나타난다. 피아노를 비롯한 음악은 김두안의 시에서 감정의 파동을 전달하는 데 기여한다. 음악 외에도 "지울 수 없는 죄로/신음하는 소리"(「화려한 무늬」)나 "이명을 앓고 있는" "빈 화분"(「빈 화분」)의 이미지, 고요와 침묵이 환기하는 청각적 이미지가 이번 시집에서 눈에 띄는데, 음악은 아프고 불안하고 외롭고 우울한 소리 이미지와 함께 어둡고 음울한 죽음의 소리 풍경을 완성하는 데 기여한다.

당신은 여자
유령인데
냄새가 좋아

피아노 속에서
음들이 샌다
저녁에 눈을 뜬 슬픔처럼

얼굴이 지워진
유령의
긴 머리카락이 귀를 스친다

난 외로움이 죽어서
눈물이
가득 찬 방

피아노의 음들은
심장에서
피가 마를 때
흘러나오는 고독이다

그런데 왜
당신이
내 방에서 사는 거죠?

잠이 들 때마다
유령이
등 뒤에 차갑게 눕는다

내 사랑을 읽지 말아요
검은 건반의 눈물을
흰 건반이 받아먹는다

—「피아노 유령」 전문

피아노가 놓인 방에서는 밤이면 피아노 소리가 들릴 법
도 하다. 오래전 피아노 소리가 유령처럼 맴도는 것일 수도
있고 피아노의 육중한 형체가 외로운 소리를 연주하는 것
일 수도 있겠다. "저녁에 눈을 뜬 슬픔"과 저녁이면 "흘러
나오는 고독"을 시의 주체는 "얼굴이 지워진/유령의" 감각

으로 전한다. 떠나지 못하고 "잠이 들 때마다" "등 뒤에 차갑게 눕는" 유령의 이미지로 사랑의 아픔과 불가능한 애도와 그로 인한 지독한 우울을 드러내고 있는 것이다. "눈물이/가득 찬 방"에서 "검은 건반의 눈물을/흰 건반이 받아먹"으며 피아노 유령은 밤새도록 연주를 하고 시의 주체는 밤새도록 심장에서 피가 마르는 고독에 잠긴다.

나는 강물의 얼굴을 알고 있다 새들이
죽은 버드나무 위에
집을 짓지 않는 시간에 대하여

물결이 물결 위에 쌓이는
겨울 강물의 폐허에 대하여

나는 죽어도 좋을까
다시 죽어도 좋을까

버드나무는 죽어서도 버드나무, 뿌리에서 시작해 가지에서 끝나는
겨울의 찬란한 혁명을 알고 있다

버드나무를 구름이라고 부르는
언 강물을 긴 편지라고 부르는

까마귀 떼가 누군가의 심장을 파먹다
가-가-가- 외치며 날고 있다

버드나무 얼굴이 귀신처럼 휘파람을 불면
눈이 올 듯 번지는
수상한 노을의 저편

바람이 바람결 위에 쌓이는
언 강물 위에
죽은 버드나무 그림자 백지장처럼 얼어 가고 있다

얼어붙은 그림자 위에
바람이 새로 새긴 투명한 잎사귀들

해가 얼음 속으로 스미는 저녁 무렵
버드나무의 전생을
바람이 다시 쓰는, 겨울 강물에 대하여
                    ─「바람이 다시 쓰는 겨울」 전문

　죽음의 검은색으로 출렁대는 이번 시집에서 유령의 감
각이 자주 등장하는 것은 어쩌면 당연한 일일지도 모른
다. 첫 시집을 내고 10년이라는 시간 동안 김두안 시의 주체를 사로잡았을 개인적 죽음과 사회적 죽음이 이번 시집에 드리워진 지독한 우울의 원인이라고 짐작해 볼 수도 있을 것 같다. 첫 시집에서 설핏 비쳤던 시적 주체의 어두운 내면은 이제 수많은 죽음과 유령들을 거느리고 끝 모를 어둠의 심연을 품어 버렸다.

새들도 더 이상 "집을 짓지 않는" "죽은 버드나무"는 김두안의 시가 보여 주는 죽음의 상징으로 "겨울 강물의 폐허" 위에 그림자를 드리운 채 서 있다. "물결이 물결 위에 쌓이는/겨울 강물의 폐허에 대하여" 시의 주체는 말하고 싶어 한다. "나는 죽어도 좋을까/다시 죽어도 좋을까"라는 성찰의 시간을 지나 그는 "버드나무는 죽어서도 버드나무"임을, "뿌리에서 시작해 가지에서 끝나는/겨울의 찬란한 혁명"임을 깨닫는다. "바람이 바람결 위에 쌓이는/언 강물 위에/죽은 버드나무 그림자"가 "백지장처럼 얼어 가고 있"지만 "얼어붙은 그림자 위에/바람이 새로 새긴 투명한 잎사귀들"을 시의 주체는 예민한 감각으로 포착해 낸다. 죽음을 거듭해 왔을 "버드나무의 전생을/바람이 다시 쓰는, 겨울 강물에 대하여" 생각하며 저 지독한 죽음과 유령의 시간을 지나, 불가능한 애도의 시간을 지나, 어쩌면 시의 주체도 어둠의 심연으로부터 다시 쓰는 일을 시작하려는 것인지도 모르겠다. 음악으로 연주되는 예민한 감정의 파동이 얼어붙은 강물에 봄의 입김을 불어넣고 있는 것은 아닐까? 비록 불안하고 우울한 입김이라 할지라도 말이다.

시인수첩 시인선 027
물론의 세계

ⓒ 김두안, 2019

초판 1쇄 인쇄 2019년 8월 28일
초판 1쇄 발행 2019년 9월 10일

지은이 | 김두안
발행인 | 강봉자 · 김은경

펴낸곳 | (주)문학수첩
주 소 | 경기도 파주시 문발로 214-12(문발동 511-2) 출판문화단지
전 화 | 031-955-4445(대표번호), 4500(편집부)
팩 스 | 031-955-4455
등 록 | 1991년 11월 27일 제16-482호

홈페이지 | www.moonhak.co.kr
블로그 | blog.naver.com/moonhak91
이메일 | moonhak@moonhak.co.kr

ISBN 978-89-8392-754-5 03810

「이 도서의 국립중앙도서관 출판예정도서목록(CIP)은 서지정보유통지원시스템
홈페이지(http://seoji.nl.go.kr)와 국가자료공동목록시스템(http://www.nl.go.kr/
kolisnet)에서 이용하실 수 있습니다.(CIP제어번호: CIP2019028290)」